Série : LDDA

Les Dessous d'Apocalypse

Tome 1

Écrit par :

Lios-Art
(Aka : L. Bourgeois)

Illustration de la couverture par l'Auteur

Les Dessous D'Apocalypse

Tome 1
1re édition Mars 2023
Tome 2

www.Lios-art.com
Admin@lios-art.com

Droit D'auteur

9 781998 905027

Dédicace

À tous les groupes de lecture du monde entier,

Cette dédicace est pour vous qui vous rassemblez autour d'un livre, partagez vos idées, échangez des opinions et découvrez ensemble de nouveaux horizons littéraires. Que ce soit en ligne ou en personne, vous êtes une communauté qui valorise la lecture et l'échange d'idées.

Je vous remercie de faire partie de cette communauté, car grâce à vous, nous pouvons approfondir notre compréhension du monde qui nous entoure et élargir nos perspectives. Continuez à lire, à explorer de nouveaux auteurs et à partager vos réflexions avec les autres.

Ensemble, nous pouvons construire un monde où la littérature et la réflexion critique sont valorisées, où la curiosité est encouragée et où la diversité des perspectives est célébrée.

Merci de faire partie de cette merveilleuse communauté de lecteurs.

Rappel

Je tiens également à souligner que cet ouvrage est fait pour divertir et en aucun temps les propos ne sont faits pour offenser ou diminuer qui que ce soit. Nous espérons que vous apprécierez cette lecture autant que nous avons apprécié de l'écrire, et nous sommes ouverts à la critique constructive. Nous croyons en la valeur de l'inclusion et de la diversité.

Encore une fois, merci d'être une communauté de lecteurs passionnés et nous sommes ravis de partager cette expérience de lecture avec vous.

Cordialement,

MERCI, NATHALIE NOGRETTE, pour ton aide à la correction.
Lios-Art

www.Lios-art.com
Admin@lios-art.com

Série
L'Oeil du Diamant

Découvrez les autres titres captivants de l'auteur et plongez dans des univers tout aussi incroyables !

La Première Dragonnière : Vision du passé — Tome 1

L'Horizon — Tome 2

La Première Dragonnière : Le Déploiement

Première Dragonnière : Écho de la Nuit — Tome 4

Lios-Art ©

Index

Prologue

Récits d'Apocalypse

L'immeuble en question était situé au cœur de la ville, dans un quartier plutôt calme et tranquille. Il avait été construit il y a des décennies de cela, et avait vu passer bien des locataires au fil des ans. Mais aujourd'hui, c'est l'histoire de trois d'entre eux que nous allons découvrir.

Au sous-sol, il y avait Roger et sa compagne Lolita. Ces deux-là ne sortaient pratiquement jamais de leur appartement. Ils étaient de véritables ermites, vivant coupés du monde extérieur. Roger avait toujours été un peu étrange, et certains disaient même qu'il avait des tendances paranoïaques. Mais aujourd'hui, alors que la ville était secouée par des explosions, il semblait que sa paranoïa avait été justifiée.

Au premier palier, Mme Chénard avait déjà vu beaucoup de choses au cours de sa longue vie. Elle avait connu la guerre, les révolutions, les crises économiques et la décadence sur tellement de niveaux d'une société malade. Mais elle n'aura jamais rien vu de tel. Les explosions secouaient l'immeuble, faisant trembler les murs et les fenêtres. Sa petite fille, Nathalie, qui a récemment emménagé dans son appartement, devra peut-être avoir à se débarrasser de sa grand-mère.

Au deuxième étage, il y avait Nancy, qui était très jolie avec ses petites lunettes rondes sur le nez, cachant ses petits yeux noisette. Elle avait toujours son air aguicheur quand elle croisait son voisin de palier, Joseph. Lui, c'était un réceptionniste pour le service à la clientèle, célibataire et un peu geek sur les bords, passant la plupart de son temps devant son ordinateur, il ne s'occupait guerre de sa jolie voisine. Aujourd'hui, il était confronté à une situation bien différente. Les explosions avaient endommagé son appartement, et il devait trouver un moyen de contrôler sa panique avant que ça ne tourne au cauchemar. Nancy, de son côté, essayait encore de séduire Joseph, malgré la frayeur qui l'envahissait et l'urgence de la situation.

Les locataires, aux personnalités bien différentes, se retrouvaient tous plongés dans l'horreur du moment. Comment allaient-ils faire face à cette apocalypse qui s'abattait sur leur ville? Allaient-ils réussir à survivre et à reconstruire leur vie une fois que tout serait fini? Seul l'avenir le dirait…

Chapitre 1

Durant ce temps au sous-sol

L'appartement du sous-sol était un endroit sombre et lugubre où la lumière naturelle ne pénétrait que rarement, voire jamais. L'air y était étouffant, lourd et moite, rempli d'une odeur de moisissure et de renfermé. Les murs étaient couverts d'une fine couche de poussière, et les plafonds étaient si bas qu'on aurait presque pu toucher le béton brut qui les recouvrait.

Toute personne sensée aurait tôt fait de tourner les talons et de rebrousser chemin plutôt que de s'aventurer dans ce lieu abominable, à l'exception des occupants. Les comptoirs débordant d'assiettes sales auraient pu nourrir une famille d'oiseaux pendant des mois, tellement il y avait une multitude d'asticots qui se frayait un sentier à travers les restes en putréfaction. Si le couple avait eu un animal domestique, on l'aurait probablement retrouvé lui aussi en décomposition sous une pile de vêtements souillés. Tout l'appartement était sens dessus dessous, et répugnant, je vous épargne les détails de la salle de bain.

Roger, un individu d'âge moyen, vivait dans ce lieu miteux. Il était un peu enrobé, avait un visage rond et rougeaud, marqué de fines rides. En tant qu'homme de maintenance de l'immeuble, il avait l'habitude de sortir les ordures, ce qu'il faisait avec aisance partout, à l'exception de son propre logement, et de changer les lumières lorsqu'elles étaient éteintes. Sa compagne Lolita, quoique très peu bavarde et inactive, ne faisait presque rien, si ce n'est rien du tout. Elle était généralement assise sur le canapé devant la télévision, le regard rivé sur l'écran sans sourciller. Roger, en revanche, parlait sans cesse. Il avait toujours quelque chose à dire, bien que leurs vies se déroulaient presque exclusivement entre les quatre murs de leur appartement. Il partageait ses opinions sur les émissions, la température extérieure, et à quel point il serait bien de sortir prendre l'air s'il n'avait pas peur d'être jugé. Mais elle ne demandait pas plus et ne répondait que très rarement, à part quelques gémissements et paroles répétitives.

Le mobilier était aussi terne que l'environnement : un vieux canapé en cuir élimé, une table basse en bois brut et des chaises en métal froissé. Les murs étaient nus, à l'exception d'un miroir ébréché et d'un petit cadre contenant une photo jaunie d'un temps où il était encore entouré d'amis. Quelques étagères étaient remplies de poupées de porcelaine, vestige familial hérité. Certaines étaient très rares, et par chance, car elles auraient tôt fait de donner des sueurs froides dans le dos, voire des cauchemars, tellement leur apparence était traumatisante, tout droit sortie d'un film d'épouvante.

Pourtant, malgré sa peur incongrue de l'extérieur, de l'obscurité et de la misère qui semblaient faire partie de sa vie, il y avait quelque chose de beau dans le regard de Roger. Quelque chose de profond qui paraissait indiquer qu'il était heureux, là, dans toute cette crasse. Il était amoureux de sa compagne et rien ni personne ne pouvait affecter ce sentiment. Chaque jour, il passait son temps à la contempler ou à lui murmurer des mots doux à l'oreille, assis sur leur vieux canapé, ignorant tout ce qui les entourait.

À cette heure-là, quelque chose allait changer. Son petit nid douillet allait subir un choc, son quotidien serait inévitablement chamboulé.

Un bruit sourd retentit dans l'appartement, faisant trembler légèrement les murs. Les lumières clignotèrent avant de s'éteindre complètement.

L'homme resta immobile, incertain d'avoir bien ressenti la vibration. Il posa sa main sur le bras de Lolita et lui demanda : "As-tu senti la secousse?"

Elle lui répondit simplement : "Ah, oui!"

Puis le téléviseur s'éteignit, plongeant les lieux pratiquement dans une obscurité totale.

Figé par l'interruption soudaine, Roger coupa son expiration et ne broncha pas d'un pouce, ses yeux se promenant de la télécommande à l'écran noir. Dans un soupir, il sollicita à voix basse : "Est-ce que c'est toi qui as touché à quelque chose?" Tout en reprenant lentement une respiration normale.

Après un moment, il se tourna vers elle, attendant une réponse, mais elle resta silencieuse, le fixant intensément la tête légèrement penchée sur le côté. Il expira et secoua la tête, se disant qu'il y avait probablement un problème technique avec la télévision, rien d'important pour s'alarmer. Il se leva pour la réinitialiser, mais rien ne fonctionna. L'appareil était définitivement hors service, se dit-il.

Il se retourna vers sa compagne, sentant l'anxiété monter dans ses tripes. Mais il ne pouvait pas rester comme ça. Il manquerait toutes leurs émissions. Et puis, Lolita aimait tellement le canal Découverte.

"C'était décidé, il devrait braver les foules et le tintamarre des caisses enregistreuses qui faisaient inlassablement Bip! Bip! Bip! Et que dire des bruits provenant de ces satanées roues de chariots diaboliques. Il fallait toujours qu'il y en ait une qui fasse défaut et qui produise ce bruit strident de frottement sur le sol comme si elle ne pouvait pas s'accorder avec les autres. À chaque fois qu'on la regardait, elle tournait la tête dans la direction opposée de ses consœurs. Et quand on avait la chance de ne pas tomber sur la rebelle, on se retrouvait avec l'excitée du groupe. Comme si elle était là volontairement pour crier à qui voulait l'entendre : "Contemplez-moi, je suis là!" Pivotant tout le long du trajet de droite à gauche. Une véritable junkie à la caféine qui n'aurait jamais été rassasiée.

À cette simple vision d'horreur, Roger frémissait. Mais que ne ferait-il pas pour sa bien-aimée? Sa belle et douce Lolita…

Il prit une grande inspiration, souhaitant lui demander s'il pouvait s'absenter quelque temps pour acheter une nouvelle télévision. Il commença donc par la complimenter sur sa beauté, lui disant qu'elle était la plus magnifique femme qu'il avait jamais vue. Mais encore une fois, elle ne répliqua pas. Il s'accroupit près d'elle et remit sa jupe en place avant de poser sa main sur la sienne, lui demandant si elle lui en voudrait s'il partait quelques heures pour faire des courses.

Soudain, un bruit assourdissant venu de l'extérieur de l'appartement attira son attention. Sans attendre la réponse de sa compagne, il se leva rapidement pour voir par la fenêtre sale, dont les moulures d'origine blanche étaient désormais immaculées de coulisses brunes causées par la condensation et le manque d'aération. Sa curiosité l'emporta sur son anxiété lorsqu'il découvrit un petit attroupement de gens criant et s'agitant dans la rue. Les voitures étaient arrêtées en plein milieu de la chaussée, et les foules sortaient des immeubles pour observer dans les airs.

Alors qu'il parcourait le ciel, Roger remarqua quelque chose qui semblait descendre droit sur eux. Il plissa les yeux pour mieux voir au-delà de la croûte de crasse qui rendait la vitre quasiment opaque, il cracha dans sa main et frotta la vitre légèrement. Enfin, il put bientôt discerner une forme qui se rapprochait de plus en plus rapidement vers eux. C'est au même instant qu'une explosion se produisit, qui ébranla l'immeuble tout entier.

La secousse fut si violente que les objets commencèrent à sauter des étagères et les portes d'armoires s'ouvrirent en grand, libérant leur peu de contenu, tout en étant déjà pratiquement sur les comptoirs. Les bibelots précieux qu'ils avaient conservés toutes ces années tombèrent sur le plancher et se brisèrent. La compagne de l'homme, déséquilibrée s'effondra à son tour.

Roger s'exclama de frayeur : "Es-tu blessée?" puis se précipita vers elle, inquiet pour sa sécurité. Il la prit dans ses bras et constata avec soulagement qu'elle était indemne. Cependant, l'appartement était dans un état encore plus lamentable, avec des objets éparpillés partout et des meubles endommagés. L'homme réalisa qu'ils avaient eu de la chance de ne pas être touchés.

Il débarrassa un espace sur le canapé avant de la hisser confortablement et de retourner aux fenêtres en déclarant : "Je ne sais pas ce qui se passe, mais c'est violent."

Examinant le vitrage, il constata qu'il avait tenu bon, il s'était craquelé de long en large, mais il annonça la nouvelle à Lolita : "On a une veine de cocu, la vitre n'a pas lâché, elle tient toujours en place."

Cependant, on pourrait se demander si cela était réellement de la chance ou si cela ne relevait pas simplement du miracle que l'on pouvait attribuer à la généreuse couche de crasse qui retenait le tout collé ensemble.

Il vit que la rue était dans le chaos. Des gens sortaient encore en plus grand nombre de leurs maisons et regardaient autour d'eux, complètement paniqués. Des voitures étaient renversées et des vitres étaient brisées. Il paraissait que l'explosion avait eu un impact important sur l'intégralité du quartier.

Joseph et Nancy, les locataires du deuxième, venaient tout juste de faire leur apparition sur le palier de l'immeuble. Certains occupants des édifices avoisinants approchèrent à leur rencontre. Roger ne parvenait pas à entendre ce qu'il se tramait, mais à en juger par la tonalité, cela semblait être grave.

Il se retourna vers sa compagne en disant :
"Non, je ne vais pas aller découvrir ce qui se passe! Il
est hors de question que je risque de mettre un seul
orteil à l'extérieur."

Dirigeant son attention vers la rue, il reprit :
"Si seulement j'arrivais à voir plus clair."

L'homme avait du mal à comprendre ce qui se
passait à l'extérieur de l'immeuble. La vision depuis
la fenêtre était obstruée par les débris, et les nuages
de poussière qui flottaient dans l'air n'aidaient pas à
la condition. Il ramassa un vieux chandail crasseux
sur le sol qui devait traîner là depuis des semaines. Il
essuya la vitre avec précaution, évitant de la casser,
pour tenter d'avoir une meilleure vue de la situation.

Les cris et les hurlements de panique à
l'extérieur semblaient s'intensifier, et il pouvait voir

des gens courir dans toutes les directions, essayant de fuir le danger. Il remarqua également que les voitures s'entassaient dans la rue, comme si elles avaient été abandonnées précipitamment. Des bâtiments voisins étaient la proie des flammes. Cependant, on n'entendait aucune sirène ni aucun véhicule d'urgence à l'horizon.

Le visage de l'homme se crispa alors qu'il réalisa l'ampleur de la catastrophe. Il sentit une boule de peur et d'anxiété se former dans son estomac. Il se retourna vers sa compagne, qui le fixait toujours. D'une voix ferme, cherchant à la rassurer, il lui dit : "Nous devons rester calmes et ne pas paniquer. Nous sommes en sécurité ici, pour le moment. Du moins, je crois... Je... Je l'espère... Nous devons juste attendre maintenant et voir ce qui se passe."

On entendit une succession de nouvelles explosions à proximité, ce qui fit sursauter Roger à chaque fois. Il n'avait aucune idée de ce qui avait pu les provoquer, mais ça lui était égal. Il se tourna vers sa bien-aimée et lui demanda si elle allait bien, mais elle ne répliqua toujours pas, son regard fixé sur un point invisible, la bouche entre ouverte. La lueur dans ses yeux semblait s'être éteinte. Il essaya de la secouer délicatement pour attirer son attention, mais elle ne bougea pas, elle n'émit aucun son. Pris de panique, il se mit à crier son nom : "Lolita… Lolita, oh ma belle et douce Lolita, réponds-moi, je t'en supplie." Mais elle demeura immobile. Il balaya grossièrement de son pied le plancher, écartant les déchets, puis la souleva lentement pour ensuite la déposer sur le sol.

Il s'effondra à ses côtés, les larmes ruisselantes le long de ses joues, réalisant qu'il avait perdu sa seule amie, son unique confidente. L'homme perdura là, paralysé, pendant un long moment, forcé de constater l'évidence, il serait désormais isolé dans cet appartement lugubre et sombre. Il se redressa pour regarder autour de lui, le cœur lourd, à moitié égaré. Il n'arrivait pas à croire que tout ce qui lui restait était cet endroit triste, délabré et sa poupée mécanique brisée. Elle ne s'allumait plus. Il n'arrêtait pas d'appuyer à répétition sur les boutons d'activation que les lumières dans ses yeux ne s'allumaient pas. Elle ne produisait plus de gémissement ni ne prononçait la moindre parole érotique. Il en conclut qu'elle devait être endommagée et il n'y avait rien qu'il puisse faire pour la réparer. Les yeux de sa Lolita ne bougeaient plus, elle n'émettait plus de bruit. Inconsolable, ses larmes redoublèrent, il regrettait de ne pas avoir pris plus soin d'elle, de ne pas lui avoir parlé plus souvent, de ne pas lui avoir dit à quel point il l'aimait. Il aurait voulu remonter le temps, pour changer les choses, pour éviter cette explosion, pour sauver sa compagne. Mais il savait que c'était impossible. Il était désormais seul, et il ne lui restait plus qu'à affronter la réalité. Il savait qu'il ne pourrait jamais la remplacer, mais il cherchait désespérément à garder espoir. Peut-être qu'un jour, il arriverait à lui redonner vie. Mais dans l'immédiat, cela semblait hors de sa portée. Il se contenta de se rouler en boule et de pleurer toutes les larmes de son corps quitte à en avoir les yeux asséchés. Les cris des voisins qui couraient dans toutes les directions implorant le ciel pour de l'aide et toutes les explosions n'y changeraient rien. Il était déterminé à rester là, sur le sol, au milieu des débris, le bras enlaçant sa bien-aimée, et rien ni personne ne le ferait grouiller de là.

Chapitre 2

Durant ce temps au premier palier

Afin de bien connaître les locataires du premier étage, il faut que je commence aux prémices de l'histoire de cette écrivaine.

Mme Chénard est née dans une petite ville rurale au début du XXe siècle. Elle a grandi dans une famille qui aurait dû être nombreuse, sa mère ayant subi plusieurs fausses-couches successives, seules deux petits ont vu le jour. Elle a appris à lire et à écrire à l'école locale quand elle avait le temps d'y assister, mais elle a dû renoncer à l'institution tôt pour aider sa famille et à travailler dur aux côtés de ses parents dans leur modeste ferme pour subvenir aux besoins du foyer.

Pendant la Première Guerre mondiale, Mme Chénard a perdu son frère aîné, décédé sur le champ de bataille en Europe. Cela a été un coup rude pour ses proches, qui ont dû travailler encore plus d'arrache-pied pour survivre. Elle a vu les conséquences des combats sur sa communauté, avec des ménages endeuillés et des ressources limitées. Les temps étaient si ardus, que les animaux se faisaient rares, car l'économie était chamboulée et les hommes devenaient un luxe pour le boulot à la ferme tellement ils étaient tous appelés pour le front.

Pendant la Grande Dépression, Mme Chénard a été témoin de la souffrance du monde dans sa ville. Les entreprises ont fermé, les gens ont perdu leur travail et leur maison. Mme Chénard a vu des ménages se disloquer, des enfants abandonnés et des voisins mourir de faim. Elle avait travaillé dur pour aider sa propre famille, car elle n'arrivait pas toujours à dénicher un emploi, ce faisant, mais elle avait pu épargner un peu d'argent.

Elle s'est mise à tenir un journal intime relatant les moindres détails de sa vie. Sur l'une de ses pages, datée du 18 février 1943, on pouvait y lire : "Cher journal de déprime, aujourd'hui il fait terriblement froid et nous sommes toujours confinés au salon pour économiser le bois. Nous nous demandons si nous allons survivre à l'hiver, car il nous reste très peu de bois à brûler. Hier, nous avons dû commencer à chauffer avec la base de mon lit et j'ai dû dormir sur les lattes dures et glaciales du plancher. Cela fait donc deux semaines que le restant de la maison est condamné pour conserver la chaleur avec nous. Mon ventre se tord de douleur, on dirait que j'ai une bête folle et insatiable qui me déchiquette les entrailles, tellement je suis affamée. Mémé a refusé de manger, elle prétend qu'elle n'a pas faim. Mais je crois plutôt qu'elle nous ment, je ne sais pas si c'est pour nous en donner plus ou si elle ne veut pas bouffer le rat mort que mon chat nous a rapporté. Elle a tellement maigri, je ne la reconnais plus. Je crains pour sa santé."

Puis sur la page suivante, une notice tout aussi triste. Cher journal de la déprime, je suis en larmes. J'ai perdu mon seul ami aujourd'hui. Mon chat Guizmo n'est pas revenu hier après qu'on l'ait laissé sortir pour faire sa ronde. Pépé est allé à sa recherche et l'a ramené dur comme une barre de fer. Il serait tombé dans le ruisseau à côté de la maison en tentant d'attraper un mulot. Il a vu des traces de pas et du sang dans la neige, mais n'a pas retrouvé l'animal que Guizmo était en train de traquer. C'était un si bon chasseur. Pépé a refusé qu'on l'enterre, et nous a dit qu'on ne pouvait pas se permettre de gaspiller. Alors il va donc le faire cuire pour souper. Il lui arrache la peau du dos devant moi. J'ai le cœur qui me lève. Si ce n'est que je n'ai pratiquement rien avalé depuis des jours, je suis sûr que j'aurais les dents du fond qui baigneraient dans le vomi en ce moment même. Le plus terrible est quand il lui a cassé le cou, la tête qui a basculé vers l'arrière regardait droit dans ma direction. À ce moment-là ses yeux encore ouverts, croisèrent les miens. Les frissons m'ont couru tout le long du corps. Il a ensuite disloqué les quatre pattes d'un mouvement vif. Je peux encore entendre le bruit des os qui craquent dans un écho visqueux. Ça ne devrait pas me déranger, on a souvent égorgé des cochons dans le passé. Ça paraît si loin maintenant la dernière fois qu'on a eu un vrai bon repas en famille... Je n'arrive pas à croire qu'on va manger Guizmo. Je n'en veux pas. Mais j'ai tellement faim, j'arrive à peine à me déplacer dans le salon. Mes jambes ne veulent plus me supporter.

Au cours des années qui ont suivi, Mme Chénard a vu les changements de la société se produire rapidement. Elle a été témoin de la montée et de la chute des idéologies politiques, des luttes pour l'égalité des droits et des bouleversements technologiques rapides. Elle a observé les ravages de la guerre et les efforts pour construire la paix. Elle s'est mise à écrire sur les horreurs qu'elle avait vécues enfant. Au début, ce fut très compliqué. Un combat acharné contre les préjugés. Une femme auteure n'avait pas sa place. Elle était déterminée à faire son chemin et à laisser sa marque par terre. Elle ne permettrait à personne de lui chier sur la tête.

Malgré toutes les difficultés, Mme Chénard a réussi à rencontrer des moments de bonheur dans son histoire. Elle a épousé l'amour de sa vie, avec qui elle a élevé une belle famille. Elle a travaillé dur pour donner à ses enfants une éducation et une existence meilleure que la sienne. Son seul regret a été de quitter la campagne. Mais elle a trouvé cet appartement paisible où elle a disposé un modeste bureau devant la porte patio. C'était son coin idéal pour avoir un panorama sur l'extérieur tout en écrivant ses livres. Quand elle n'était pas en train de rédiger, elle tricotait pour sa famille. Elle ne voulait pas qu'aucun d'entre eux n'ait jamais froid.

Les passants pouvaient toujours la voir à ce petit bureau. Le bruit courait dans le quartier qu'elle était une sorcière. Son visage était plissé et marqué par la dure réalité de son vécu. Les enfants mesquins du coin répandaient la rumeur que son conjoint un jour l'avait mise tellement en colère qu'elle l'avait découpé et fait cuire pour donner à manger à ses chats. Cette rumeur était partie d'un feu de paille lorsqu'un beau matin l'un de ses compagnons à quatre pattes, Raya, avait été aperçu pendouillant par le cou, au cœur de la porte patio. L'explication logique était qu'il avait sauté dans les stores et qu'il se s'était emmêlé seul et pendu malencontreusement. Mais cette société malade préférait les ragots croustillants plutôt que la vérité. Une vieille dame plus plissée qu'un vieux pruneau, accompagnée d'un chat noir, était forcément une sorcière, toujours assise devant la porte patio, à épier le voisinage, selon les médisants, ne pouvait être autre chose qu'une magicienne.

Ses enfants, trop occupés par le rythme de leur vie, n'avaient que très peu de temps à lui consacrer. Certes, une visite quotidienne aurait sûrement étouffé de telles rumeurs. Cependant, son mari qui les avait quittés quelques années auparavant avait creusé un gouffre qui n'avait été remplacé que par les réseaux sociaux et le travail de chacun. Ils ne voyaient plus les jours passer et ne remarquaient pas leur mère flétrir.

Seulement l'une de ses petites filles prenait le temps de venir prendre soin d'elle et de sa chatte Ella. Quelques mois avant l'événement, elle avait emménagé dans son appartement. Nathalie était une jeune femme d'apparence très timide la plupart du temps. Elle n'adressait la parole à personne, marchant d'un pas pressé, le regard rivé sur le sol, en rêvassant. Tout portait à croire qu'elle finirait probablement par écrire des romans à son tour. Elle passait la majeure partie de son temps à bouquiner et à gribouiller des notes dans un petit calepin. Elle aimait s'asseoir loin des gens pour les observer, consignant leurs attitudes, leurs manies, chaque trait de caractère étant inscrit avec soin. Elle se fondait dans un monde imaginaire en regardant chaque passant. Le seul moment où elle dévoilait son grand sourire et devenait une tout autre personne était au boulot. Pour une raison inconnue, la petite fille introvertie se réinventait en femme extravertie. Pendant les cinq heures d'activité par jour tout au long de la semaine, Nathalie sortait de son cocon pour voler tel un papillon en liberté. Dès qu'elle franchissait le cadre de porte de la boutique érotique où elle œuvrait, elle se métamorphosait en boule d'énergie souriante et radieuse. La transformation était telle que ceux qui la croisaient dans la rue et même dans les couloirs ne la reconnaissaient pratiquement jamais. Roger, qui l'avait croisée à quelques reprises dans les corridors de l'immeuble lors de ses travaux d'entretien, n'avait jamais fait le rapprochement entre elle et la vendeuse qui lui avait vendu sa merveilleuse Lolita. Si seulement il l'avait regardée plus attentivement, il aurait probablement vu qu'elle rougissait au simple son de sa voix. Mais aujourd'hui, il était trop tard. Nathalie sortait du magasin quand elle vit les premiers projectiles tomber du ciel, causant des explosions monstrueuses faisant voler de nombreux débris dans les airs. Elle voulut retourner se mettre à l'abri dans la boutique, mais elle ne pouvait pas abandonner sa grand-mère et sa chatte. Il n'y avait que deux pâtés de maisons la séparant son travail de son domicile. Prenant son courage à deux mains, elle s'élança dans une course effrénée, coupant à travers les pelouses, cherchant à ne pas être touchées par les déflagrations qui se produisaient de part et d'autre. Évitant de justesse des passants apeurés qui sortaient en hurlant de panique d'une structure en flamme.

Elle n'avait jamais trouvé le trajet si long. À bout de souffle, elle faillit renverser Joseph qui se tenait à l'extérieur en compagnie de Nancy, obstruant l'entrée de son immeuble, les yeux rivés sur les cieux cherchant à comprendre ce qui se passait.

Nathalie dévisagea Joseph du regard, puis porta son attention sur la porte patio de son appartement. Elle fut horrifiée de voir que sa grand-mère était tombée sur le plancher du logement, le chat grattant le sol à ses côtés.

Nathalie poussa un cri : "Oh non, Mémé!" Elle bouscula Joseph et Nancy, sans s'excuser, se précipita dans les escaliers en sortant son trousseau de clés. Dans un geste de nervosité, elle échappa les clés devant l'entrée. Au moment de les ramasser, une secousse la fit basculer et elle se cogna la tête contre le cadre de la porte. À moitié sonnée, du sang coulaient sur son visage, elle finit par récupérer les clés et déverrouilla la serrure.

En entrant, elle aperçut sa grand-mère par terre, l'urne brisée et l'animal accroupi. Dans un cri de panique, elle s'exclama : "Non, Ella, tu ne dois pas chier dans les cendres de Mémé... vilaine chatte!" avant de tomber à son tour évanouie sur le sol.

Chapitre 3

Durant ce temps au second niveau

Cet automne-là, le ciel était dégagé et d'un bleu profond, comme si tout était parfaitement normal. Mais Joseph doutait que ce fût le cas, car un sentiment étrange l'avait réveillé tôt ce matin-là. Il se tenait devant le miroir de sa salle de bain, rasoir à la main. C'était une journée importante qui commençait : il avait une visioconférence avec son boss, plus tard dans la matinée, celui-ci devait lui dire s'il avait obtenu le poste de responsable clientèle qu'il briguait depuis des années, il fallait qu'il soit au top, même s'il ne portait qu'un caleçon, il fallait qu'il porte une chemise fraichement repassée. D'ordinaire, son boulot était simple, cela consistait à répondre au téléphone et à assister la clientèle à partir de chez lui. Ainsi, sa barbe vieille de quelques mois, ses cheveux échevelés et son look légèrement négligé ne le dérangeaient pas habituellement dans le confort de son bureau. Il n'avait pas eu le temps de terminer sa toilette avant que le chaos ne s'abatte sur la ville.

Lorsque l'explosion retentit, Joseph sentit son corps être secoué comme une feuille dans le vent, il crut d'abord qu'il était en train de rêver, mais les fissures dans les murs et les débris qui s'écroulaient du plafond le ramenèrent à la réalité. Il se rendit compte que son rasoir avait cessé de fonctionner, laissant une partie de sa barbe intacte. Joseph, choqué, lâcha son appareil qui se chuta sur le sol. Il regarda son reflet dans le miroir brisé, constatant que seule la moitié de son visage et de son crâne était rasée. Il se dit : "C'est parfait, j'ai l'air d'un vrai bouffon."

Il tenta dès lors de prendre son téléphone portable pour découvrir s'il y avait des informations sur ce qui aurait causé cette secousse, mais il s'aperçut que l'écran restait noir. Il essaya de le rallumer à plusieurs reprises, mais rien ne se produisit. Il se dirigea donc vers sa télévision, espérant qu'on en parlerait sur les chaînes de nouvelles, mais elle était également hors service. Il sentit une vague de panique monter en lui, car il n'avait aucune idée de ce qui se tramait.

Joseph décida alors de se rendre à la fenêtre pour voir l'étendue des dégâts. Ce qu'il vit le glaça d'effroi. Tout était plongé dans le chaos, comme si la ville était en guerre et était coupée du reste monde. Aucune voiture ne bronchait, aucun feu de circulation ne fonctionnait, des gens sortaient des immeubles alentour hébétés et les oiseaux fuyaient dans une envolée endiablée heurtant tout sur leurs trajectoires. Il n'y avait aucune indication de ce qui se passait, et Joseph se sentit complètement impuissant.

C'est alors qu'il entendit frapper violemment à

la porte de son appartement. Il alla ouvrir et découvrit sa voisine de palier, qui semblait aussi effrayée que lui. Elle lui expliqua que la ville était plongée dans une crise sans précédent et que personne ne savait ce qui advenait réellement. Les gens parlaient de guerre nucléaire, d'attaque terroriste, on allait même jusqu'à mentionner des extraterrestres, mais personne ne pouvait confirmer quoi que ce soit.

Joseph décida alors de sortir dans la rue pour voir par lui-même. Sa voisine et lui, traversèrent le couloir sombre, enjambèrent des débris de toutes sortes, avant d'arriver sur le palier d'entrée. Quand ils ouvrirent la porte, une brise fraîche les enveloppa, leur apportant les senteurs de l'automne. Mais ce qu'ils découvrirent fut bien différent. Tout semblait s'être arrêté, comme si le temps avait été figé. Les véhicules abandonnés bloquaient la chaussée, des bâtiments s'effondraient et la poussière tapissait tout.

Joseph se rendit compte que la ville était dans un état d'urgence absolue et à l'instant où les sirènes de guerre résonnèrent, cela générait un vacarme de tous les diables. Quelques déflagrations projetaient encore des véhicules et autres gravats dans les airs. Les gens tentaient de se protéger. Certains voisins vinrent à leur rencontre, questionnant s'ils avaient la moindre idée de ce qui se passait, lorsqu'une chose déferla vers eux avant d'exploser en plein vol. Secouée, Nancy s'agrippa au bras de Joseph qui eut également du mal à conserver son équilibre. Des vitres partirent en éclat et une pluie de verre leur tomba dessus. Les curieux disparurent précipitamment se mettre à l'abri.

Au moment de retourner à l'intérieur, la nouvelle locataire du premier étage arriva en trombe et allait de les percuter de plein fouet. En sueur et sans véritablement s'arrêter, elle lâcha un cri et les bouscula pour se faufiler. Nancy regarda Joseph en ricanant avant de déclarer : "Pour moi, ta tête lui a fait peur." Puis nos deux voisins de palier entrèrent par le même couloir.

De retour dans son appartement, Joseph se mit chercha frénétiquement un plan d'action, mais rien ne semblait coller. Il était un ermite accoutumé à travailler chez lui sur son ordinateur, n'ayant jamais envisagé une crise de cette ampleur. Il était habitué à sa routine de vieux garçon qui ne sortait que pour faire ses courses. Il n'avait jamais pris la pratique d'amasser des réserves alimentaires ou autres. "À quoi bon?" se disait-il, l'épicerie n'était qu'à trois coins de rue. Il avait un détecteur de fumée comme tout citoyen responsable, des assurances vie et maison, mais rien pour assurer sa survie si une catastrophe d'envergure leur explosait en plein visage.

Au cours de leur conversation, la voisine a

mentionné qu'elle possédait un vieux chalet en dehors de la municipalité, au cœur des bois, a seulement quelques heures de route. La plus grande expérience de Joseph dans la forêt était limitée au parc de quartier et la créature sauvage la plus proche qu'il avait jamais vue était un écureuil dans un arbre. Sortir de la ville revenait à l'enfoncer en pleine brousse. Cependant, il devait prendre une décision rapidement. Le bruit à l'extérieur indiquait que la situation se détériorait et qu'il ne serait pas en sécurité près de la civilisation, y compris dans son logement. Ils ont tous deux décidé de fuir vers le chalet. Avant cela, ils devaient rassembler leurs affaires. La femme est partie chercher ses effets personnels dans son appartement.

Quant à Joseph, de son côté, il sortit son plus grand sac de voyage qu'il possédait, un simple sac du secondaire, un vestige de sa jeunesse qui traînait encore au fond d'un de ses placards. En secouant la tête, il se demandait ce qu'il pourrait bien transporter, il lui paraissait si petit et inadéquat dans de telles circonstances.

Joseph rassembla ce qu'il pensait être utile : quelques vêtements, son portefeuille ainsi que des articles de toilette récupérés dans la salle de bain. Il vit son reflet dans le miroir et a réalisa qu'il n'avait toujours pas fini de se raser. Il ramassa le rasoir électrique au sol, tenta de l'allumer et le reposa en réalisant qu'il ne fonctionnerait pas tant qu'il n'y aurait pas de courant. Il voulut le mettre dans son sac, mais stoppa son geste. Puis il dit : "Et dire que je n'ai jamais fait les scouts ni même tenu un couteau de poche." Tout lui semblait insignifiant, il n'avait pas été préparé à affronter la vie telle qu'elle était devenue en l'espace d'une fraction de seconde. On l'avait habitué à croire que la pensée positive réglait tout et que les catastrophes n'arrivaient qu'aux autres. Il lança le rasoir électrique de côté avant de se diriger vers ses placards de cuisine d'une démarche déterminée. Il ouvrit les portes d'armoire une par une, ramassant le peu d'aliments qu'il avait coutume d'acheter pour les mettre dans son sac. Arrivé au pot de café, il jeta un coup d'œil dans le bagage et se dit en voyant qu'il était encore bien vide : "Je crains de n'avoir jamais pris le temps d'envisager une telle situation." Pour la première fois de sa vie, il comprit que l'esthétique d'un espace épuré ne rivalisait pas avec des étagères bien garnies.

Joseph avait rassemblé ce qu'il pouvait, et lorsque la femme revint, elle avait deux sacs à dos remplis, l'un de provisions et l'autre d'articles variés pour leur voyage. Il la regarda brandissant une lampe de poche et se sentait minable de ne pas avoir ne serait-ce qu'une simple bougie pour s'éclairer.

Voyant que son sac était pratiquement vide, elle lui fit un sourire et dit : "Ne t'inquiète pas, j'en ai pour deux dans mes bagages... et si tu as besoin de lumière, je te passerai ma lampe de poche et toi, tu me passeras la tienne," finit-elle en lui faisant un clin d'œil provocateur.

Mal à l'aise, Joseph hésita à lui demander : "On y va?"

Ce n'était pas la première fois qu'elle lui faisait des avances, mais il n'avait jamais été intéressé. Elle était sympathique, c'était une bonne amie, et il n'avait pas l'intention que ça change.

Ils quittèrent l'appartement et commencèrent leur descente à travers l'escalier sombre et délabré. Enfin, ils atteignirent la rue, mais ce qu'ils virent leur glaça le sang. Des gens couraient dans toutes les directions, certains pleuraient, d'autres criaient. Des voitures étaient renversées, des bâtiments s'effondraient et la fumée remplissait l'air.

Il réalisa alors que la ville était en train de sombrer dans le chaos. Il se sentit submergé par la panique tandis que le monde s'agitait autour d'eux. Il ne savait pas comment réagir ni comment se protéger. Nancy à ses côtés semblait encore plus affolée que lui et elle se tourna vers lui pour chercher des réponses.

"Qu'est-ce qu'on fait maintenant?" demanda-t-elle d'une voix tremblante.

Joseph attrapa la main de Nancy et lui parla d'un ton ferme : "Nous devons nous concentrer sur notre objectif, rejoindre le chalet, peu importe ce qui se passe autour de nous." La femme hocha la tête en essayant de se calmer. Ils se frayèrent un chemin à travers la foule chaotique, cherchant le trajet le plus sûr et le moins encombré. Plus aucune sirène ne raisonnait, seuls les cris des individus affolés remplissaient l'air. Mais ils restaient concentrés sur leur but : atteindre la petite cabane.

À un moment donné, Nancy dut rappeler leur objectif à son camarade alors qu'il s'apprêtait à porter secours à un couple de personnes âgées implorant de l'aide. Elle le retint par la manche en lui disant : "Si nous nous arrêtons ici, nous devrons nous arrêter plus loin pour assister une autre famille en détresse."

Joseph prit une seconde, se détourna, regarda autour de lui. Il vit au loin des individus louches qui venaient de piller un appartement de ses biens. Un peu plus loin, un couple était accroupi sur le terrain pour prendre soin d'un homme blessé. Aussi loin que sa vue lui permit de voir, il pouvait apercevoir des personnes en désespoir. Il répondit donc : "Oui, tu as raison. Si nous nous arrêtons une seule seconde, nous nous mettons en position de vulnérabilité et nous réduisons nos chances d'arriver à destination."

Ils prirent la direction de la forêt, essayant de rester à l'écart des endroits les plus dangereux. La nuit était tombée plus rapidement que prévu et le trajet se fit dans un silence quasi total. Nancy sortit sa lampe de poche pour éclairer leur chemin, mais elle avait également été endommagée par le désastre qui avait détruit tout ce qui était électrique. Joseph demanda alors à voix basse : "N'as-tu pas pris le temps d'inspecter ton équipement?"

Nancy répondit simplement : "Je n'aurais jamais pensé qu'elle me ferait défaut. Je l'ai achetée la semaine dernière et elle était encore dans son emballage. Mais j'ai toujours ce bon vieux briquet. Si tu trouves un bâton, je peux l'allumer." Elle finit sa phrase avec une grimace.

Ils marchèrent pendant des heures, évitant les

foules de gens paniqués et les bâtiments effondrés, dans une obscurité presque totale, déterminés à ne pas attirer l'attention avec une torche.

Finalement, ils arrivèrent à la lisière de la forêt, où le chaos semblait avoir laissé place à un calme inquiétant. Ils continuèrent leur route dans la noirceur. La femme prit la tête, un sac à dos sur le dos et l'autre en bandoulière, Joseph la suivant de près, portant son petit sac à dos sur son épaule. Ils avancèrent prudemment sur les sentiers. Nancy paraissait savoir où elle allait, tandis que Joseph se concentrait sur chacun de ses pas. Il se sentait de plus en plus nerveux à mesure qu'ils s'enfonçaient dans la forêt, n'ayant jamais été confrontés à un environnement aussi sauvage et imprévisible. Ne voyant pratiquement rien devant lui, il suivit le son des pas de sa camarade.

Ils continuèrent d'avancer durant un temps

indéfini, avançant sur un sentier forestier. Ils étaient épuisés et affamés, mais ils gardaient le cap, sachant que le chalet était leur seul refuge.

Finalement, ils arrivèrent devant une minuscule cabane en bois à la première lueur du jour. Celle-ci s'avérait très bien cachée au milieu des arbres. La femme sortit une clé de sa poche et ouvrit la porte, révélant un intérieur modeste, mais confortable. Il y avait un poêle à bois, un lit double et une petite cuisine équipée. Elle alluma le foyer et prépara un goûter simple, mais nourrissant avec les provisions qu'ils avaient emportées.

Ils s'installèrent pour la nuit, se réchauffant près du feu et partageant un repas bien mérité. Joseph se sentait encore secoué par les événements apocalyptiques, mais il était reconnaissant d'avoir trouvé refuge dans ce chalet. Il se rendit compte que, malgré tous les défis qu'il avait rencontrés, il avait trouvé la force de survivre grâce à l'aide et au soutien de sa voisine.

Les jours passaient et se succédaient, retirés de toute civilisation, ils n'avaient pas observé le temps s'écouler. De temps en temps, on pouvait voir un panache de fumée s'élever dans le ciel au loin, preuve directe que la situation était toujours loin d'être résolue.

Joseph prenait un petit-déjeuner sommaire lorsque la femme entra dans la cuisine. Elle avait l'air fatiguée les cheveux en bataille. Elle lui dit qu'après le repas, elle l'emmènerait à une source d'eau fraiche pour se laver. Il la remercia, mais elle le coupa en lui disant qu'il était temps qu'ils commencent à coopérer pour survivre. Il avait beau avoir passé sa vie devant des écrans, il fallait qu'il apprenne de nouvelles aptitudes.

Au fil des jours qui suivirent, ils travaillèrent ensemble pour réparer le toit endommagé par les tempêtes de neige des années précédentes, et creusèrent un puits pour s'assurer une réserve d'eau. Joseph réussit même à allumer un feu dans la cheminée en utilisant les connaissances qu'il avait apprises lors des dernières semaines dans ses lieux avec Nancy. Les deux amis apprirent à se connaître davantage pendant cette période de crise, et leur amitié augmenta considérablement.

Sa colocataire était très patiente avec Joseph et lui enseigna comment manipuler un couteau de poche pour tailler du bois. Conjointement, ils construisirent une étagère pour ranger leur nourriture et leurs affaires, et Joseph apprit aussi à pêcher quelques poissons dans la rivière voisine. Nancy avait apporté un livre qui contenait des recettes faciles à préparer, et ils commencèrent à cuisiner des plats simples ensemble, à base de produits qu'ils trouvaient dans les alentours.

Petit à petit, ils se rapprochèrent, et Joseph réalisa qu'elle était une amie précieuse qui avait été là pour lui lorsque tout le monde avait disparu dans sa vie. Il appréciait sa compagnie et sa gentillesse, et il commença à se confier à elle sur son passé, ses projets et ses ambitions.

Les jours passèrent rapidement, les deux amis étaient heureux dans leur nouvelle demeure, loin de tout ce chaos. Une routine s'était installée, ils c'étaient adapté à leur existence en pleine nature. Joseph commença même à considérer l'idée de rester dans le chalet, même lorsque la situation extérieure serait rétablie. Il réalisa qu'il avait trouvé quelque chose de plus précieux que tout ce qu'il n'avait jamais possédé - une véritable vie à distance des écrans. En contemplant l'environnement, il comprit pour la première fois la phrase que son père répétait souvent : "L'homme est né de la nature et plus il avance, plus il s'éloigne de sa maison". Les événements l'avaient contraint à revenir dans cette maison qu'il n'avait jamais connue, le berceau de l'humanité.

Mais quelque chose n'allait toujours pas… Joseph observait Nancy avec inquiétude. Depuis quelque temps, il avait remarqué des changements dans son comportement. Était-elle malade? Sa voix était plus grave qu'avant, presque masculine, et il avait même surpris la femme en train de se gratter les bras, les jambes et les parties intimes de façon fréquente. Il ne pouvait s'empêcher de se demander si elle avait un problème de santé qu'elle n'osait pas lui révéler. Une allergie peut-être? Non, certainement pas. Elle avait des bouffées de chaleur sans arrêt. Son enthousiasme avait diminué et que dire de sa sensibilité accrue.

Il essaya d'en savoir plus en lui posant des questions subtiles, mais elle ne semblait pas vouloir en parler. Elle évitait ses regards et se montrait très discrète sur ses habitudes et ses préoccupations. Joseph se sentait impuissant et inquiet, ne sachant pas quoi faire pour l'aider.

Un soir, après un repas bien arrosé au cours duquel ils s'étaient laissé aller plus que d'habitude, Joseph avait osé demander à son amie s'il y avait quelque chose qui n'allait pas au niveau de sa santé. Il avait précisé qu'elle pouvait tout lui dire, même les choses les plus intimes. La femme, elle aussi bien intoxiquée par l'effet de l'alcool, avait rougi et répondu d'une voix hésitante : "J'ai plus de pilules depuis un bon moment maintenant."

Joseph avait tout de suite pensé qu'il s'agissait de pilules contraceptives. Il avait demandé à Nancy quelle sorte de cachets elle prenait. Peut-être pourrait-il risquer une excursion dans un village voisin ou en ville pour lui en procurer si c'était vital pour sa vie.

Elle le toisa et lui rétorqua d'un ton catégorique : "Non! C'est beaucoup trop dangereux de prendre un tel risque pour des hormones."

Ne comprenant pas, il redemanda : "Des hormones de quoi?"

Le regard soudainement très sérieux, elle lui répéta : "Des hormones de femmes."

Il le parcourut d'un air déconcerté. Cela expliquait les bouffées de chaleur, mais une question demeurait. Il décida donc de la poser : "Tu n'es pas trop jeune pour être ménopausée? Quel âge as-tu en vérité?"

Elle lui réplique : "Oh non, ce n'est pas pour les femmes ménopausées, mais pour empêcher les poils de repousser et contrôler toutes sortes d'effets secondaires. Mais le plus terrible, ce sont véritablement les démangeaisons…"

Joseph commente tout soulagé que ce ne soit pas un trouble de santé : "Tu as vu ma tête à deux jours sans rasage. Ce n'est pas une femme avec quelques poils au menton qui va me déranger. Après quelque temps, le picotement disparaît."

Le regard bouleversé, elle répond : "Ce n'est pas sur le menton que cela me démange, mais sur le sac. Chez les hommes qui ont subi un changement de sexe, le sac est tourné vers l'intérieur pour faire la paroi interne et la repousse fait un mal de chien."

Joseph ne sut quoi répliquer, il se contenta de rester là, immobile, dans un silence total.

Épilogue

Avant que tout explose.

La porte de la taverne grinça lorsque Apocalypse entra. Les clients se retournèrent pour voir qui avait fait son entrée. Ils furent immédiatement intimidés par sa présence imposante. Elle était vêtue d'une longue robe noire, son regard perçant balayant la pièce, alors que les flammes dans ses yeux semblaient brûler toutes les âmes présentes en ce lieu.

Les quatre cavaliers de l'apocalypse étaient assis autour d'une table, discutant de manière animée de la prochaine fin du monde. Guerre, Famine, Pestilence et Mort se turent instantanément en voyant leur sœur entrer dans la taverne.

"Bonjour, frères", dit-elle, sa voix grave résonnant dans la pièce. "J'ai entendu dire que vous vous amusiez ici."

"Apocalypse!" s'exclama Guerre en se levant de sa chaise. "Que fais-tu ici?"

"Je suis venue m'amuser avec vous", répondit-elle. "J'ai entendu dire que vous vous racontiez des histoires de fin du monde. J'aimerais en entendre une."

Les quatre cavaliers échangèrent un regard. Ils n'étaient pas sûrs de vouloir partager leurs histoires avec leur sœur aînée, qui était souvent un peu trop sérieuse à leur goût.

"Très bien", dit Pestilence enfin. "Nous avons une histoire pour toi."

Il raconta alors l'histoire d'un groupe de survivants qui s'était réfugié dans un immeuble au cœur de la ville, alors que des explosions se faisaient entendre en dehors. Les explosions semblaient se rapprocher de plus en plus, et les survivants étaient terrifiés à l'idée que l'immeuble s'effondre sur eux. Mais à la fin de l'histoire, il y avait un twist : les explosions étaient en fait provoquées par des extraterrestres envahissaient la Terre.

Apocalypse écouta attentivement l'histoire, son visage impassible. Puis elle sourit.

"J'aime ça", dit-elle. "Mais je pense que la fin aurait été encore plus torride si les survivants avaient réussi à vaincre les extraterrestres et à sauver la planète."

Les cavaliers hochèrent la tête, impressionnés par la vision de leur sœur.

"Tu as raison", dit Guerre. "Mais comment aurions-nous pu faire ça?"

"Avec un peu d'imagination", répondit Apocalypse. "Et peut-être un peu d'aide de ma part."

Les cavaliers regardèrent leur sœur avec étonnement. Ils n'avaient jamais vu Apocalypse s'amuser ainsi.

"Bon, c'est à mon tour de raconter une histoire maintenant", dit-elle en souriant. "J'ai une idée pour une fin du monde vraiment torride."

Les cavaliers se penchèrent en avant, impatients d'entendre la suite de l'histoire. La taverne résonna bientôt des rires et des cris des cavaliers, qui avaient trouvé une nouvelle façon de s'amuser en attendant la fin des temps.

À suivre…

www.Lios-art.com

Admin@lios-art.com